我说的和平

商泽军 著

江西高校出版社

U0729303

图书在版编目（CIP）数据

我说的和平 / 商泽军著. — 南昌：江西高校出版
社，2015.6
ISBN 978-7-5493-3505-3

Ⅰ. ①我… Ⅱ. ①商… Ⅲ. ①叙事诗—中国—当代
Ⅳ. ①I227.3

中国版本图书馆 CIP 数据核字（2015）第 138441 号

出版发行	江西高校出版社
社　　址	江西省南昌市洪都北大道 96 号
邮政编码	330046
总编室电话	(0791)88504319
销售电话	(0791)88592590
网　　址	www.juacp.com
印　　刷	南昌市光华印刷有限责任公司
经　　销	全国新华书店
开　　本	850mm×1168mm　1/32
印　　张	5.5
字　　数	42 千字
版　　次	2015 年 6 月第 1 版第 1 次印刷
书　　号	ISBN 978-7-5493-3505-3
定　　价	20.00 元

赣版权登字-07-2015-501
版权所有　侵权必究

目 录

CONTENTS

第一章

洒在石头上的血

在七十年前，我们的血
开始不再被野兽的口
吞噬

那片土地的草开始返青

河流

开始由异族的侵凌下的呻吟

变得平和

虽然还有战火

七十多年了

我们的血

我们洒在石头上的血

洒在骨头上的血

洒在母亲尸骨上的

洒在我们割破手指上的血

都钙化了

血站立了

它们有了石头的性格

化成了纪念碑

他们也会柔软

他们的柔软

化成了稻田

那是

三千五百万的死伤

垒成的纪念碑啊

那些洒在石头上的血

那是多少妇女的

痛哭

少女的哀伤

儿童的挣扎

战士的血泪

垒起的血的纪念碑啊

有谁计算过?

有谁赔偿过?

历史

就这样一笔勾销了吗?

看到许多的战犯

那些饮血的魔鬼

还在享受着

人间的跪拜和烟火

我真的有些担忧

为我们的血泪

为我们的

大刀的红绸

为九一八事变的冤魂

为那些不应该忘记的历史

是谁说：

历史是任人打扮的小姑娘

你说它黑就黑

说它白就白

不！

我们说

历史的公证

不是一时一地

岁月的冲洗

不会使所有的记忆都褪色

野兽的模样

不会在太阳下

肆意地掠夺

我们怀念呐

怀念一九三七年的七月七日

怀念一九四五年的八月十五日

七月七日

是民族浴火的日子

我们的民族是一个凤凰

它在血与火里再生

还记得有一首诗歌吗？

敌人用刺刀

指着我们说：

看，这是奴隶

呵！我们

我们从诗歌里读出了激愤

刺刀下的民族

是不会倒下的

我们的骨中有钙

我们可以一时是奴隶

但我们

不会一世是奴隶

你听！你听啊！

在"大刀向鬼子砍去"的

吼声里

在黄河大合唱的雄浑里

在平型关

在台儿庄

在缅甸的丛林

在敌后武工队

在一个个地道

在一棵棵消息树里

我们看到了民族的新生

我们听到了

面对强盗的呼吸

我们听到了漫天的风暴

地不分南北

人不分老幼

我们的河流

开始挽手

我们的树木

开始喷薄

在那黑暗中

快要发霉的骨骼啊

我们要到阳光下

我们要夺回

被强盗掠夺的阳光

啊——

七十多年了

我们的血还是热的

我们父亲的血是热的

我们打工的妹妹的血是热的

啊——

在每一个巷口

在每一幢高楼

在每一处码头

我们

我们看到了

血的延伸

血的足迹不是悲哀

它是一种温度

是一种激情

是谁说

血写的誓言和字迹

是最真诚的

是啊

有九百六十万的土地写下的

血的足迹

是世界上最大的能量

最大的呼吸

血迹啊

这是巨人的足迹

这足迹

在民族的前行中，大声铿锵地走

这足迹的声响是

龙和凤的和鸣

是血的呼啸

是雷的回声

在血与火里蹚过的脚步啊

开始变得孔武

让世界回眸

七十多年了

原先的民族在血里再生

人说，再生的证明

在哪里？

你听

你听那呼声和歌声！

第二章

醒着的眼睛

看一眼那发黄的土坯墙

我的心就隐隐作痛

那墙上布满累累弹痕

似一只只

醒着的眼睛

那是行军走累了的眼睛

那是伏击到天亮的眼睛

那是看天下贫苦民众

翻身的眼睛

那是在暗夜里

为我们引路的眼睛

现在

他在这土坯墙上看着我们

那眼睛

有些干涩

有些红肿

弹痕，能留在

久远的土坯墙上

我想，它也能印在心灵

对于我们这些后来者

那是一种警醒

看一眼那发黄的土坯墙

我的心就隐隐作痛

我凝视着

那些醒着的眼睛

那些眼睛也看着我……

第三章

生命的尊严

第三章

生命的艺术

在抗日支前队伍里，一位沂蒙山区的大嫂已经怀孕五个月，她的父母、丈夫都遇难了，她顾不上掩埋亲人，立刻投入到救援队伍中。

1

其实，你已经很累了

但，你仍然行走在

崎岖的沂蒙山之上

小心翼翼地

从一个个炮弹轰炸的废墟上

寻找生命的踪迹

你告诉支前的乡亲们

——我的亲人已经躺下了

可是还有那么多人埋在山石间

救出一个人

就多了一份打鬼子的力气

这是多么平常的文字

这是多么普通的道理

所有的人听了

都向她投来敬意

2

其实，你已经很累了

在砾石硝烟之中

在你的家里

当你看到火焰从屋顶升起

瞬间

你以往的微笑

在瞬间凝固

你怀孕的疲惫

在瞬间消失

你没有顾及自己的身体

你迅速从倒塌的草房里爬起

你告诉身边的人们

你告诉世界

野兽，凶残的野兽

正撕咬着这个民族的姐妹

和兄弟

我们的腰板，要挺起

3

其实，你已经很累了

但，你仍然

爬行在战火泥石中

你仍然顶着弹雨

你艰难地

寻觅着

滴血的呻吟

当你看到

救援的路被坍塌的房屋和山石

堵住了，同时

也堵住了你的心跳和呼吸

4

其实，你已经很累了

但，你的心却十万火急

你急那些被炮火阻塞的道路

你急那些

被掩埋在废墟下的兄弟姐妹

你急这个民族的灾难

我看见了你的无奈

你的忧郁

和痛苦

你行走在炮火的泥泞中

却依然坚毅

5

其实，你已经很累了

但，你仍然跟随在

救援的队伍中

你攀爬着

整整四天、五天、六天

没有停顿没有休息

此刻已是傍晚

你依然没有倦意

因为你知道

在战火中

在燃烧的大地

有多少双焦灼的眼睛

在渴盼着生还消息

因为，你母性的

神圣

和天然的使命

装在你善良的心里

6

我看见你流泪了

是累了吗，不！

是你在坚守中

又一次看见了伤员生命的奇迹

现场

每一个参加支前的百姓

都在欢呼

都在流泪

都在感激

为民族的尊严而泣

我看见你流泪了

你站在满目战火的大地

像一颗行走的种子

种进这片受伤的土地……

第四章

铭记老区

经过沸腾

洗练之后的

就是我脚下的

这片土地叫老区

啊

老区这样的名字

富含着

直达心灵的情义

这是红色的土地

埋下种子

她便会默默地孕育

会顽强地在黑暗中

拱破坚硬的地层

顶着风雨

和寒流

生长

呵

这埋在老区土地上的种子

她的生命

经受炙烤

在坎坷与崎岖中

等待着成熟的时机

呵，种子

终于在这片热土上

萌芽

她将腥风血雨

化作肥料

然后长成大树

成长森林

为人民遮阴

是呵

当每个人走过老区

这片热土时

都会生长感激……

第五章

草鞋情

据统计，当年老区的百姓为抗日将士编草鞋达几十万双——

一双双的草鞋

把老区百姓的深情

一针一针

编进去

把温暖，一针一针

编进去

编进去的还有

百姓对八路军的信任

八路军对百姓的亲近

关山阻隔，长途跋涉

让八路军穿上新的草鞋

陪伴着他们走在路上

心里也是一种坦然

足寒伤心

民寒误国

这极普通的哲理

百姓也许弄不通

但他们知道

八路军出远门打鬼子

千里，万里

一双温暖的脚，对他们

有多么重要的意义

世界上

有各种各样的脚

世界上

有各种各样的鞋子

这些八路军

他们要过江，过河

他们还要翻山、越岭

要给他们

带上足够的草鞋

他们要从深秋

走向冬季

穿上草鞋的亲人

含着热泪

他们

无法表达自己的心情

但他们知道冷暖

他们知道自己的脚

有了暖意

那时，战士们落泪了

他们看到了这山区的

父老乡亲

看到了他们红肿的脚

和张着嘴的草鞋

战士们有些难过

他们穿着这一双双草鞋

出发了

咚咚的脚步声

敲打着每个人的心窝……

第六章

大刀魂

此刻

我的耳畔又响起

——大刀向鬼子砍去

的吼声

这大刀的光影

是民族的血泪

被阳光

多少次晾晒后的

定型

这刀柄上的

红色的绸穗

一定

也是用这个民族的血

染红

此刻，我的血也不再

安宁

是沸腾，是喷涌

是血，血啊

指挥着

我眼睛的视线

凝聚在这大刀的

刃锋

呵

淬过一百次火

在一百次的血中

泡过

我知道

这刀中有风霜，炊烟

和铁锤

与礁岩的撞击声

这大刀

有水的柔软，丝绸的柔性

它劈下，是一座山

它昂起，是一座峰

挂在墙上

夜间就会发出爆响

它会跳动

如火焰

它是一种精魂

要用对手的血喂养

它是一种

在手上生长的精灵

在这个民族历史的深处

我看到无数的手

举起大刀

齐刷刷地生长着

像埋下的种子

萌动……

第七章

诗人毛泽东

这是一个复杂的诗人

他奉劝大家不要写旧诗

他规定新诗的方向

是民歌加古典

但他宣布

给他三百大洋也不读新诗

这是一个挑剔的诗歌欣赏者

他写了许多的旧诗

人们说他写过一句新诗

只一句

人民万岁！

这句诗成了经典

这句诗

使几亿中国人

走出苦难

这句诗

写在一九四九年以后中国诗选的

扉页

他喜欢李白的飘逸

李贺的奇崛的想象

李商隐的朦胧

他是一个哲人

但不喜欢宋诗的哲理

他从

韶山冲的松鼠

和云霞的跳荡

知道了平仄

在小溪的叮咚中

知道了韵律

他的第一首诗是什么

是青蛙？

是小鸟？

是流水？

现在人们还在争论

但我说

他的第一次运行

就是写得一句诗行

这句诗行

肺活量很大

他写诗

先从家乡写起

然后是长沙

赤岗冲的毛竹

遵义的

城头弯月和雁叫

西风烈

一个瘦瘦的诗人

在马背上吟诗

他用笔饱蘸的

是四时的节令

是山路的崎岖

生民的穷困和挣扎

他的诗有雄性和婉约

雄壮的一面

冯雪峰曾把他的诗给了一个

写旧诗也写小说

也写杂文和喝酒的斗士看

斗士说:

"有山大王气"!

这是一针见血的评语

评说一个写诗的革命者

(具有反叛精神

没有温柔的小家子气

是真正的男儿的做派)

当然

他也给女人写过温柔的诗行

在离别的时候

在迎接的时候

在思念的时候

被他写诗的那些女性

是幸福的

杨开慧、丁玲、李淑一

他为女人写过

挥手自兹去

但心里还有留恋

就是这首词

相隔几十年后

在一个墙的夹缝里

被人发掘出来

他们看到了

他的内心的温柔

他一直记着她

把她比成一株高傲的杨树

他也给男人写诗

横刀立马的人将军

（那是什么时候

围追堵截，山高路远

衰兵老马

疲惫的生命就像当年的命运

然而

一个在他诗中的汉子挺立

马叫声声，威猛八面）

忠厚的罗荣桓

也在他的诗里出现

这个视他如师

尊他如兄的人

是他的一个棋子

可以放在任何一个地方

是一个卒子

拼命向前

他写的是中国的男儿和女人

一句诗就概括了

数风流人物

还看今朝

写诗

是他的另一半生命

他在海边写诗

看到汹涌的海

他像幽燕老将

慷慨悲歌

换了人间，是他的梦

也是他的毕生追求

他一生喜欢水

在橘子洲头

在长江

在海滩

即使是水变成雪

老了，诗思开始凝重

他的笔下写出

不须放屁

人们说气魄宏大

也有人觉得有点出格

他确实是一个出格的诗人

人们也就不再计较

这是一个

诗歌做底子的人

他把诗歌化作了书法

化成了

指点江山的点缀

没有诗

他睡不好

吃不好

诗歌是他的食粮

从诗经到唐诗

他

一直看竖排的大字本

他吟诗

在雪地里

在黑夜

在长旅的途中

诗歌诠释着他丰沛的生命

他看不起

那些没有文采的皇帝

当然，他也看不起

只有诗歌

再没有别的东西的皇帝

他是个独特的诗人

他干下了

只有诗人干不下的事业

有一年他写诗累了

然后睡下再没有醒来

于是，他留下的

那片空白

一直没有哪个诗人来填充上来

人们怀念这个诗人

但人们却无法模仿这个诗人

第八章

不平等的旅客

第八章

不平等的故事

二〇〇一年一月二十七日，日航 JL782 航班一百多位中国乘客被抛在日本大阪机场大厅过夜，而持别国护照的乘客却到宾馆休息。

一百位中国人

滞留在异国

水土各异

独在异乡为异客

他们

以及他们背后的民族

在这一刻蒙羞

铐上了沉沉的枷锁

是出生于

黄土的人群低贱卑微？

同一个航班

别的国籍

别的护照

可以获得应该获得的一切

这来自黄土壤上的一群

却在异乡的夜晚煎熬

一个世纪过去了

这样的悲剧仍在延续

是谁

在低吟：义勇军进行曲

一个人唱

十个人唱

接着这大厅的一角在歌唱

面对异乡沉沉威压的夜幕

这像黄河水一样的低吼

"起来，起来……"

我们的民族

已非昨日的民族

但我们民族的拳头

仍和我们泱泱大国的地位

不符

不错，我们是礼仪之邦

对待此事

可以轻轻一拭，不必回顾

但一颗敏感不能

再受伤的民族自尊心

却在滴血

暗暗哭泣

人生本无贵贱

为何羞辱总是罩着我们的头颅

重复一万遍

还要继续敲打我们的耳鼓

落后，就意味着羞辱

我们的先人

面对羞辱

他们选择的是拔剑四顾

面对嗟来之食

他们抬起高傲的头颅

人，不能像牲畜

任人摆布

人的脊梁中有钙

不能软化低伏

我们不能改变自己的肤色

也不能改变自己的民族

如果让我再一次选择

这个民族，我仍是

一千次的眷顾

虽然她有千万的伤痕

但她正需要我们还她一个洁整的

肌肤

羞辱，使我们警醒

新的世纪并非坦途

阴云还时时光顾我们的窗户

我们还要

时时警惕身边矮脚的动物

他们时时反扑

钓鱼岛发难

教科书篡改

南京大屠杀

变成了一个平常事件的字符

死去的冤魂啊

仍在黄土地上游荡

我们活着的人

怎样面对

卢沟桥的大刀片

我们的那些大刀

怎样面对强虏？

生于忧患的民族

这异乡机场羁旅的一幕

在新的世纪

像重磅敲击我们的灵魂

起来

这仍是新的世纪最响亮的音符

第九章

飞翔的中国

1

怀揣着
太空发来的邀请

高举着

通向宇宙的签证

在五千年梦想的发射塔上

中国的载人飞船

傲然腾空

2

每个民族

不论是什么样的肤色

不论讲的是什么语言

他们的内心都有一个梦

从大地上腾飞

去漫步遨游太空

他们想和蓝色的星星

对话

他们想象

可以在上面种植庄稼

可以走亲戚

他们想

地球人的语言

对方一定能听懂

于是

就有了各种各样的

幻想

于是就有了

今天看来可笑的举动

有人把鸟的翅膀绑在身上

有的坐土火箭旅行

有的在风中奔跑

有的

手中牵着层层的风筝

要是世间

没有了飞天遨游的梦

你会觉得

这个大地少了嫦娥

月亮也会减去风情

要是世间

没有了飞天遨游的梦

孩子的童年

又怎会张大眼睛

一个一个

指点夜幕上的星星

如果世间

没有了飞翔的梦

人类就会像蠢笨的动物

匍匐在自然的巨掌下

昏睡不醒

如果世间

没有了飞翔的梦

春天会减去色彩

河流没有了歌声

3

广漠的太空

是寂寞的

太空也盼望着

柳绿花红

太空也想有朋友的身影

那寂寞的嫦娥

把长长的舞袖已准备好

她想听到

来自故乡的和声

那吴刚呢？

他准备好

把最新酿制的桂花酒

捧给遥远的宾朋

一切都是可以突破的

一切都是可以交流的

人与神

地球与星斗

黑人和白人

人们需要突破的界限

不是山河

也不是大地

要突破的

是自己的头脑和思想

我们从刀耕火种中走来

我们走向工业革命

我们从原子走向太空

我们穿越历史

从诗经到唐诗

从唐诗到宋词

我们突破的

是一切的桎梏

我们的地平线在地球的外面

我们地平线是运动的呼声

实践把我们提高

我们在实践中验证

我们从匍匐到奔跑

我们从暗夜到黎明

我们和星球是孪生的兄弟

我们都从宇宙的母腹诞生

到太空去

我们去寻找新的生命

在新的生命里

我们知道了我们的生命

经历了多少血与火

经历了多少的坎坷

我们造出了自己的飞船

就像诺亚方舟

那个船上满载的是希望

我们的神舟飞船

也是希望的产床

那是一个民族的梦

开始诞生，开始有了生命

也许我们经历了太多的坎坷

也许我们经历了太多的苦痛

当飞船上天的时候

我以为

还是在童话和传说中

也许我的心

没有被磨难打磨得千疮百孔

当飞船上天的时候

我的眼泪开始飞迸

人们说喜极而泣

我想这样的泪

满含幸福、激动

也有民族的委屈

在我身上的留影

一切都过去了

我们的屈辱

一切都过去了

太空中

昂立着中华民族的光荣

我们是"飞天"的子孙

我们才迈开了第一步

我们还要到月球

我们还要会见火星

我们的脚印

会布满整个太空……

4

历史

会铭记这个日子

个

有五千年飞天梦的民族

在这一刻

公元二〇〇三年的十月十五日

我们挣脱了

大地的羁绊

我们飞上了太空

我们就像

去一个风景地旅行

正因为我们有了梦

我们才有了民族的寻梦远行

从后羿的遗憾

到屈原的问天

从敦煌的壁画

到卫星的上天

直到今天的神舟飞船

我们证明了

我们无愧飞天的梦

我们能把梦境用实力证明

飞天的梦给了我们智慧

飞天的梦给了我们想象

飞天的梦给了我们热情

飞天的梦

给了我们唱给宇宙的歌声

让历史铭记这一刻吧

铭记

我们飞向宇宙的歌声！

第十章

刀锋的光芒

——祭航空英雄罗阳烈士

1

睡吧，我的兄长
枕着大海的涛声
枕着一个腾飞的梦
如倦游的一尾鱼
躺在礁石旁休憩
睡吧，

刀锋的光芒 第十章

089

我知道你有一个习惯

平时，看望母亲的时候

总是在母亲身边

躺一下

哪怕十分钟，八分钟

那也是一种满足

你走了

我的兄长

慈母的身边

却留下巨大的虚空

这虚空

没有什么能偿还得清

你走了，不，你睡了

这一走

再没有可以折返的回程

也再没有

可以唤醒的可能

我一遍一遍念叨着

你的年龄：五十一岁

五十一岁啊

我们

都是六十年代生人

我们身上

都有一种报国的使命

我曾从军。你也是军人啊

虽然，你不曾穿过军装

但我觉得

所有的中国当代军人

都把你当成自己队列的一员

你在这个队列里

如北国挺拔的白杨

如风雪中的翠松

五十一岁啊

才刚知天命

就如一本书

才刚刚翻到一半

突然，很突然啊

就戛然而止

就如一段路，才走到一半

就突然倒在了途中

啊

我知道命运休论公道

你睡去了

我的兄长啊

一个在为你写诗的人有遗憾

我们的祖国有遗憾

睡着的你

却无愧自己人生

呵

你写了一半的书

自会有兄弟接着书写

你留下的路程

自有兄弟

沿着你的足迹完成

你的围棋呢

未下完的棋盘

那黑白的棋子

犹如一颗颗星星

犹如一颗颗

黑色的瞳仁

白色的水晶

还有那未读完的《论语》

那是圣人几千年前的

叮嘱

逝者如斯，不舍昼夜

你说

这是催促的使命

是啊

这片土地上的每一粒种子

这片土地上的

植物动物

好像

在你的心中

都有一种

天生的使命

我们是这片土地的儿女

无论我们走到哪里

都会为这片土地牵肠挂肚

一生一世

无始无终——

2

我知道呵，我的兄长

在你的心中

在我的心中

在所有这个民族的记忆里

曾有着

滴血的痛。

我的民族虽然爱好和平

但鲜血和屠戮

却一次次

成了我们的噩梦

有多少锋利的龙骨

载着鸦片

载着毛瑟枪

载着牛皮靴

击碎我们的梦

我们的亭台楼阁

给了烈火

我们的土地

给了白骨

我们的姐妹被侮辱

我们的手脚被砍掉

我们的眼睛被剜去

我们的头颅

摇晃在无助的风中

残破的土地啊

夕阳西下

石雕残柱

那是这个民族

无法忘却的梦

难道属于这个民族的只有瓦砾？

难道属于这个民族的只有愤怒？

难道属于这个民族的

只有待宰割的命运？

敌人从海上来

这百年的启示啊

也是

百年的伤痛

不在屈辱中奋起

那就只配

飞蛾一样的死

飞蛾一样的生

我知道

我的兄长——罗阳

你是敢于说不的人

你

为了这个民族的荣誉而战

把所有的屈辱

要一一偿清

我知道

你是这个民族奋进的一环

在你的前列

有虎门的硝烟

有邓世昌的呼声

有杨靖宇的风雪

有邓稼先的胃疼——

3

我们曾是远洋的大国

我们的祖先

曾在蔚蓝色的

舞台上

演出壮美的舞剧

蔚蓝色是我们自由的舞步

然而

荣光都留在昨天

我们百年的梦想啊

就是在今天

就是在蔚蓝色的大海上

有我们自己的游弋的航母

有我们自己的巍峨的大船巨舰

可以在蔚蓝色天海之间遨游驰骋

我们的水兵

在每一片蔚蓝色的海洋都能生长

如随时生根的水草

而我们大船上的飞机呢

可以

俯视大海里鲸鱼与水鸟的游戏

那些抹香鲸的水柱

如我们传统的华表

矗立在

大洋的深处

呵

我们的飞机的周围

那些海鸥们

先是惊讶疑惑

这是哪里的大鸟

也在这大海上飞翔

后来，他们如朋友一般

互相让路

互相打量

他们是空中的伙伴呵

他们

和平地在海上飞翔

当我们的飞机停在了甲板上

那些鸟还是恋恋不舍

有时，栖息在飞机的翼翅上

是呵

这里是不能做窝的

但这里可以孵化出

人与飞禽的友谊

可以互相学习彼此的语言

这样，就可以攀谈大海

攀谈大海的各种脾气

（也许

这只是罗阳梦境的一部分

我的兄长去了

这已经成了一个秘密

但我深信

在罗阳的心中

他一定有一个梦

他要结识海的女儿，去完成

人与神话对接的传奇)

罗阳不但翻阅《论语》

他还时常

翻阅大海的书页

他也学习海洋的话语

他的呼吸

有着盐的味道

那是汗水的咸味

是梦境的味道

（我们的大船何时出海

我们的大船何时长出自己的翅膀）

我的兄长

他有许多梦的幻想

我敢肯定：

他的心中一定有百慕大

一定有海盗的嚣张

他的眼里一定有

一八四〇年那熊熊烈火的嚣张

一百多年了

远远地

他看到那些燃烧的火光

哦，我的兄长

我知道

你的手里握着一根接力棒

从林则徐

到邓世昌

从一八四〇的海浪

到甲午海浪的隆隆的回响

我们

可以还原一下你的胸膛

那些悲愤啊

在你的胸脯起伏，一浪一浪

那些肋骨

都是在挡着海浪

但我们知道

你心中的潮水

很快要冲决胸腔

我知道

你有一个壮美的理想

——航空报国

让我们的蔚蓝色

让我们的大船巨舰

长出健美的翅膀

让我们的液体的中国啊

从此不再蒙上悲伤

好啊

你就要出海了

你要亲自看着这钢铁的翅膀

在海天间翱翔

这是在刀尖上跳舞

这是智慧

这是胆量

这是我们的梦

将要在钢铁的甲板上起飞

降落，起飞，降落

如太阳的升起

如太阳还家一样安详

（为了这一天

我知道

你的每一滴血

都成了海浪，都成了正能量）

5

呵

你的心中吞噬着各种海图

吞噬着风云变幻

吞噬着潮涨潮落

你站在舷边

你看着液体的中国

你浑身鼓胀起的

是无限力量

呵

我的兄长

在大船巨舰的八天八夜啊

我知道

蓝天的深处

有你目光的张望

大海的深处

已经连接你胸中的巨浪

你的理想

要在这钢铁的甲板上

起飞得漂亮

降落得潇洒

我知道有个传说:

太阳鸟栖息在扶桑的树上

是啊

你的理想在起飞时

我们看到它惊起的

是太阳鸟的羽毛

那羽毛一个劲地长

一个劲地长

呵

在大家欢呼的声浪中

你的理想已经安稳地降落

在我们的大船巨舰上

那时的天好像格外的高

那时的海好像在一个劲地鼓掌

哦，哦

这不是梦

这是生活的真实

几代人的梦想

终于

实现在罗阳们的手上

6

啊

空谈误国，实干兴邦

这样的话，又一次锤炼了我们的脊骨

又一次

锤炼了我们的肩膀

哦

太累了，我的兄长

十一月的大海

十一月的海浪

你还没有来得及参加庆功的仪式

你还没有回家

看一眼慈母的白发苍苍

你还未来得及

抚慰一下妻子

你还未来得及看一眼女儿

就轰然倒在了

你站立的岗位上——

我曾听过一个传说

在镆铘铸剑的时候

铸剑的铁水

不知何因就是不会凝固

他毫不犹豫地纵身跃入熔炉

霎时炉火熊熊

红霞万朵，铁水凝固

剑铸成了

寒光闪烁，锋利无比

我的兄长

你是当代的镆铘啊

以身许国，闪烁着刀锋的光芒

太累了

我的兄长

你走了

不再等放寒假归来的女儿了么

你走了

不再看那还未读完的《论语》么

你还有

未下完的棋啊

母亲问——

我的儿子，你在哪里？

老母亲曾觅你于黄昏的楼道

来来往往的人

竟没有一张是你的脸

妻子问——

我的丈夫，你在哪里

觅你于曾经工作的厂区

路上再也不见你走过的足迹

寻觅于你的兄弟间

好像能感受到你的呼吸

啊

寻觅于你黄昏的海面

这时我们看到

落日越显艳丽

美得让人屏住呼吸

我的兄长

你睡了

我知道

我们的民族

却是在沉睡百年后正勃然醒起

有人说：

身体睡了而梦境醒着

泥土睡了而农夫醒着

春天睡了而耕耘醒着

黑夜睡了而眼睛醒着

哦

我的兄长，你睡了

而你的兄弟

——我们的集结号醒着

睡吧，兄长

夜，好静好静

夜，好长好长

我的兄长，我忍住不哭

我们的泪

早已在我们的血管里流淌

变成了钙质

我们的泪早已变成了雨水

浇灌着脚下的土地——

第十一章
血的回望

火，已经熄灭

血，已经不再沸腾

伤痛已经结痂，

历史

是否仍在沉思？

噩梦，噩梦啊

是否还在某个角落

等待着重生？

当勃兰特

在华沙一跪，为德国二战的残暴担责

世界一时布满的是赞许的眼睛

和呼声

东方呢？地球东方呢？

作为魔鬼的一方

靖国神社的

祭祀的蜡烛

仍是昼夜不停

不错，不错

日本，日本，日本

曾死掉三百万

这些日本人

也有妻子儿女，也有年迈老母

也有，他们也有

岁月瞩望归家的呼声

但我们

不能原谅

这三百万却把中国、东南亚，美国

拖入战火的

肆虐与狰狞

三千万的死伤啊，古老的中国

生灵涂炭

白骨遍地

千里孤坟

四野无声

人们说南京大屠杀

那是三十万人呢

30 万人的血

是多少？

是几斤几两？

但生命怎能用斤两计算？

人们说三十万人的血应该有一千

五百吨！

一千五百吨的血

如果用十吨的车装运这些血

那就是一百五十辆的车队

车轮滚滚

绵绵长长

如果，这是一个血的脉管

那点点滴滴

怕不止千里百里

从九一八到卢沟桥

从重庆大轰炸

到731的细菌实验

中国人像猪狗一样

被奴役

被强奸

被虐杀

被屠戮

这是无声的中国么?

天是青苍的

地是土黄的

血丝是赤色的

这土地和人种的DNA

决定了

这样一群中国人

注定不是无声的羔羊

我知道

那种不甘于呐喊

那种不甘于守望

开始，在赵登禹

在张自忠

在左权的喉头和血管里奔涌

这土地的炸弹

是用祖宗的年谱

村寨中的炊烟和犁铧

是用春节的爆竹

娶亲的蒙头红和唢呐做成的

平时这些元素

是平和的

也可以说是卑贱的

但是危难来了，你要是触碰了

他们就会爆炸

一个民族的炸弹

与另一个叫大和民族的炸弹

对视

怒目而视

牙和牙对峙

拳头与拳头对峙

你会想到了河水也在暴涨

你会想到山头也在起义

你会想到

这不是一群猪猡

这是睡着的狮子

他睡了，只有他睡了

才有你们的戏谑

他们会永远地睡去么？

永

远

地

睡

去

么?

不，卢沟桥惊醒了

梦境惊醒了离乱的脚步

惊醒了

在台儿庄的巷战

这个民族的血

和大和民族的血

开始

扳手

这个民族的脊梁

开始嘶吼

这个民族再也不许蒙头大睡

这是刀锋

这是尖锐的石头

这是涅槃的淬火

这是血中的海浪

这是暗夜，暗夜

接近的黎明

八年啊

而今我们只有唏嘘么？

我们民族的

现代化的进程屡屡被大和民族

打碎

从甲午海战

到七七事变

再到如今的

钓鱼岛的困境，夹心的困境

一个阴谋，纯粹的阴谋

贯穿百年历史

这个叫大和的民族

是我们

民族的刺

一直卡在

我们的喉咙

已经七十年了

我们民族的肋骨

一到七月七日

还会疼痛

是的

我们的梦境不该总是疼痛

我们的梦是什么？

是无可替代的复兴

是伟岸

是福祉。是星空。是挺胸

是民族的硬气

是死后的重生

啊

年年有七月七日

我们应该把哭声变成

我们民族的动力

我们从七月七日走出

我们的民族走向的

是与太阳一样的光明

战争的硝烟过去了七十年啊

但我隐隐觉得

每个日子的后面

还有鬼影在闪动

人们睡了

还有刀枪在嘶鸣

海水的平静下

还有暗潮涌动

靖国神社的经幡

还在猎猎地鼓动着腥风

善良的人啊

你的血液

不要，不要沉睡啊

说不定，那嗜血的猛兽

就在你不经意的时候

夺走你的生命

我的民族啊

虽然

你经历过血与火的重生

但那些悲壮

但那些呐喊

千万千万

不要被历史的潮水抹平

我们不是汲取仇恨

我们，我们啊

是想把明天不再有厮杀供奉

七十年了

时间已经很长，很长

很多的白骨成灰

化为历史的苍茫

化为不睡的云烟

但那些血

却还醒着

醒着

醒着

他们一再警示：

忘记了流过的血

那些血

还会再一次被刺痛

那些血

还会再一次发出悲鸣

第十二章

我的祖国与一面旗帜

我的祖国是黑头发的

他的瞳仁

比黑夜还深邃

他的皮肤

是黄河的水和

黄土高原的土塑成的

他的皮肤灿烂如黄金

我知道

我的祖国和一支歌连在一起

我的祖国

和一面旗连在一起

这歌

是和血连在一起的

这歌

是和火连在一起的

血是殷红的

火也是殷红的

满山的杜鹃

和山丹丹也是殷红的

初升的太阳

和朝霞也是殷红的

我的祖国的颜色

也是红的

这个黑头发的民族热爱和平

这面血与火颜色的旗帜昭示和平

这面用血与火

凝结的旗帜啊

这面在广场的黎明飘扬的旗帜啊

是她

最早迎来祖国的朝阳

是她

最早将黑暗埋葬

是她

卷走了侵略者的罪恶和梦想

这面旗帜飘扬的地方

有正义的呐喊

有和谐的歌唱

有喜庆的红烛与蒙头红

有震天的大鼓

和锃亮的唢呐

在把洞房摇荡

这面旗帜飘扬的地方

有裸身的端午节

竞相用赤裸的

双臂擂打着双桨

我黑头发的祖国啊

我血与火颜色的旗帜啊

南国夏熟的田畴

北国雪后的萌芽

这一切都是为你生长

我的耳朵

我的眼睛喉咙

我的左手右手

这一切都是为你生长

旗帜在仰望里

为了仰望旗帜

你没听到祖国在踮脚拔节

增高的沙沙声响

哦

旗帜在仰望里

祖国就如鹰

天生就有在蓝天

展翅飞翔的梦想

哦

站在这面旗帜下

仰望你

就像一滴水仰望太阳

哦

这面旗帜下的祖国

你是大海

我愿意是一滴水

被你永远的收藏!

2

祖国和旗帜

一提这名字

就使我们热泪盈眶

我们知道这旗帜

有慈祥的双目

宽厚的手臂

温热的胸膛

在贫穷时

在苦难时

她拥抱我们

像大鸟用丰沛的羽毛温暖小鸟

像阳光抚慰一株溪畔的小草

我知道

在天山深处的草场

在哈萨克的头巾边

有鲜艳的旗帜

那旗帜燃烧在天空

她把天烧红

我知道

在雪原在藏区，在阿里

白雪茫茫，红旗飘展

藏族姑娘在蓝天下歌唱

我知道

在黄河入海口

在高高的楼宇和起重机的长臂上

有鲜艳的旗帜

她见证民族的辉煌

呵

在贺兰山下

在蒙古包旁

是那面旗帜映红回族姑娘和

蒙古族小伙的脸庞

他们悠扬的歌声

浸润着浓浓的奶香

在北方，白山黑水间

在鄂伦春的小山村

那小学的操场上

我们知道那鲜艳的旗帜

同孩子手中的

鸽子

一起迎着太阳

在南方的礁石上

在渔民归航的晚照里

在白鸥翻飞的翅膀里

我们看到

那鲜艳的旗帜在闪光

哦

这是我们民族的旗帜

祖国的旗帜

她在一切的

动物植物之上

在这绵延起伏的

九百六十万平方公里的土地上

那旗帜仿佛闪电，

在闪电的鞭策下

带动着土地上

所有的植物

人物和事物奔跑

朝着

吉祥中国梦的方向

这旗帜

给了我们挺直的腰杆

我们民族的脊梁

就如

挺直的家乡的青松与白杨

这旗帜是我们共同的家

她收藏流浪的失学的儿童

她收藏海外归家的游子

她收藏漂泊的云

有了这旗帜

我们的心不再流浪

我们的山河不再破碎

我们在这旗帜的照耀下

如一条河

这条河有许多的支流

但支流汇成的

却是爱的不倦的歌唱

我们在这旗帜的照耀下

土地一半生长谷物

一半生长富强

也许我们

是一种向阳的植物

我们成长的方向

都对着

旗帜耸动起肩膀

哦

给了我尊严

给了我温暖的旗帜

用什么来报答你

那就把儿女

对你的深情，看成

春天的渐渐开阔的大江

看成开花的原野

那个个的花蕊里

有爆炸的愿望

这就是

不要问祖国的旗帜给了你什么

而是响亮回答

"我能为旗帜

做什么样的豪壮"

3

我的祖国是黑头发的

我祖国的旗帜

曾经历五千年风雨

曾经历辉煌与耻辱

于二十世纪初叶

在南湖的船头挂起

那时

正好天边有一道朝霞

如撕裂旧中国的一道电光

她飘动的声音

是对这土地

和民族最深沉的呼喊

那红色啊

是天底下最热烈的颜色

和人们的血液一样红

安源煤矿地下

一千米处的挖掘者

在把铁镐

挥向空中的隧道里看到它

那闪耀的光

如煤井里的星辰

一下子把他的双眼

刺得肿胀

拉着洋车胆怯中进城的青年农民

在他跨过教堂刺刀吆喝

背井离乡

脊梁上母亲的泪眼

是他唯一的行囊

这时他发现有面旗帜

开始对他像母亲瞩望

这旗帜

看见过集会女生的围巾

男生的长衫

也看见过敌寇侮辱祖国母亲时

从平原从山岳长出的一枝枝

矛枪、大刀、铁锤

最后在旗帜上定格

在乡村在工厂

在各个追求自由解放的

角落

所有的人都看到她的拂动

人们听到了她猎猎的声音

那是阳光喷洒的声音

血液涌起的声音

当年在农村土墙上的那面旗帜

当年在渣滓洞

江姐绣出的那面旗帜

就是我们

为之生为之死的旗帜

她就是

沿着我们经济高速增长升起的

我们举起拳头宣誓的

在我们的瞳仁里升起的

在我们激动泪水里

高高升起的

旗帜

她比我们所有的头颅都高

我们爱她

我们对这旗帜的感情

经受过炮火的检验

岁月的淘洗

我们对这旗帜的纯真

经历过烈火的锻造

风雨的击打

也许

我们最后一无所有

我们都想让她最后的大手

把我们覆盖

那样我们的灵魂才安妥

如果没有她

我们只是悬浮的一粒沙

或一片羽毛

我们拥抱她

如钟摆的时针拥抱二十四小时

我们和她须臾不能分离

她就是我们的空气

我们的呼吸

我们和平与绚丽

第十三章

我说的和平

1

我说的和平是大眼睛的
蜻蜓

在水面上

一会用头，一会用尾

或用它那透明的翅翼

点水嬉戏

也许

它在和水中的鱼儿交谈

要不

鱼儿怎么会跃出水面呢

那溅起的水花

和层层涟漪

就是它们留下的记录

证明着友谊……

2

我说的和平是季节中

那天使般的蜜蜂

在花间滑行

从这个花蕊

到那片花丛

那蜜蜂

好像与吐着芬芳的花儿

交头接耳

哦，是花朵

让蜜蜂把甜蜜传送

3

我说的和平是两盏

透明的高脚杯

轻轻地举起

将祝福

和美好装在杯中

品尝

我们的举杯没有碰撞

酒

也不会肆意地飞溅

4

我说的和平是

小学生书包里的

刚刚写完的作文

这样写道

我爱我的祖国

她富饶、繁荣

在这里生活的人们

勤劳、善良

热爱和平……

5

我说的和平是

心灵与心灵的

沟通

一个人与另一个人的沟通

一个国家

与另一个国家的沟通

一个民族

与另一个民族的沟通

沟通需要微笑

沟通需要真诚

沟通

需要两双手紧紧地

握在一起

沟通

拒绝霸道、不义、恶行

6

我说的和平是天空中

鸟儿

与鸟儿的对话

从它们的鸣叫声中

我听出

好像是在问候

或是在打听路

问一问南北天气的阴晴

他们无忧无虑地飞着

也许，他们不懂得

什么是硝烟、战火

和枪声

7

我说的和平是

葡萄、美酒、夜光杯

是掌声与歌声

是小学生的朗读声

是田野里

山坡上牛羊的欢叫声

是日出时

乡村雄鸡的报晓声

也许，你会问我

你的和平里怎么飞翔着这么多

鸽子呢

那洁白的鸽群像云朵一样

萦绕在我们的头顶

从这一片蔚蓝

到另一片纯净的天空……

8

我说的和平是

早晨

在阳光的照耀下

那些挂在草叶上的露珠

它们

闪动着

多像少女的明眸

又像母亲

在笑声中

溢出的泪滴

咸咸的

甜甜的

挂在脸上

9

我说的和平是

在太阳快要落山的时候

爷爷赶着羊群回家

他挥动着羊鞭

喊着只有羊儿们

才能听懂的号令

当然

身后还跟着那只

摇着尾巴的

大耳朵的花狗

还不时地叫上两声

爷爷便对狗说：

快回家报个信

烧好晚饭

黑狗摇着头跑回村子

晚霞

点燃房顶上的炊烟

10

我说的和平是

产房里

婴儿的第一声啼哭

痛苦后的母亲

幸福地微笑着

眼前的鲜花吐着

芬芳

香甜的乳汁流淌

11

我说的和平是

在母亲生日的宴席上

把那些

五颜六色的，那些

好看的蜡烛点亮

哦

那烛光

映照着母亲的眼睛

映照着母亲的面庞

映照着母亲的愿望

我们

在五颜六色的烛光里

为母亲祝福

烛光里

音乐演奏着爱心

母亲的身旁

花儿开放

12

我说的和平是

那些绿树上的

知了们

把夏天叫得不再炎热

把秋天叫凉

把云朵叫得

飘在蓝蓝的天上

那蓝蓝的天上有大雁

飞着

一行　两行

它们向树上的知了

传递着平安的消息

它们无忧无虑

没有哀伤

13

我说的和平是

那金黄

丰硕的

向日葵

和怒放的菊儿们

在交流着大地的语言

它们说——

我们都是土地养育的

孩子

我们要留下

美丽的种子

和对未来的希望

14

也许

你会问我

你的和平里

怎么没有硝烟

怎么没有战争

怎么没有死亡

怎么没有哭声

是的

我的和平里

有清晨挂在草叶上的露珠

有少女闪亮的明眸

有落日时归家的羊群

有摇着尾巴的花狗

有村头的炊烟

有婴儿的哭声

有香甜的乳汁

有母亲生日的烛光

有绿叶上知了的叫声

有向日葵和菊儿们的交谈

有对土地的报恩

还有

我们种下的种子

萌发着芬芳

15

我说的和平是

一个诗人眼里的和平

我说的和平是

一个诗人看见五环旗帜上

飘展的和平

我说的和平是

中国福娃喜悦里跳动的和平

为和平祝福吧

活在地球上的人们

用血液、用眼睛、用手臂

用心跳

用每一根醒着的神经

(啊，白鸽子衔着橄榄枝

飞翔在晴朗的天空

这是我说的和平

——我们在同一个世界

为和平祝福)

跋

◎康学森

在当前有些哗众又闷骚的诗界，商泽军又一部长诗《我说的和平》让我惊愕了，他竟能一次次将自己矗立于时代的大风口，迎迓世人之检阅，这部诗集的主题也决定了诗人的责任和担当。和平是我们追求的至高境界，但安逸也往往意味着背叛，背叛着最初的信仰和血泪。谁能享受和平的恩泽又不忘苦难时时的提醒，让一颗心永远醒着，这绝对不仅仅是对诗人的逼仄。中国在二十世纪中叶之前经历了最大的侵略和屈辱，也经历了最惨烈的牺牲和对日本法西斯暴行的抗争，这段历史不能也不会被忘却，《我说的和平》就是这段历史的备忘录，她还是这个民族身上一个永远的伤口，醒目地张开着，让她的子孙隐隐作痛。

看着这部书，我脑海里一次次闪现过去抗战岁月的图景，南京大屠杀、血战台儿庄、平型关大捷……

因为这部诗集的厚重主题，也决定了它的艺术风格不会像别的诗体做着这样和那样的探索，它有自己的宏大叙事方式，它是一部诗歌"大片"。做大片，首先要求诗人必须有那种大胸怀。商泽军就深深具备这种大胸怀，他诞生于鲁西农村，几近干枯的马颊河记录他童年的简单欢乐，贫瘠落后的大索庄考量着他的青少年时光，而军旅岁月又让他充满血性，后来的保护消费者工作让他具有悲悯之心和嫉恶感。我认为商泽军是个优秀的写实主义诗人，写实就是他始终关注的，是人类的、民族的命运，他用如椽之笔记录的是人民的呼吸。

我与商泽军乃乡党，作为一个先读者，写上述话，算对商兄贺意！

康学森

二〇一五年四月二十六日于银海公寓

跋